Choose a color for each number, then color in the pixels to reveal the image!

1 =   2 =   3 =   4 =   5 =   6 =

Choose a color for each number, then color in the pixels to reveal the image!

1 = 2 = 3 = 4 = 5 = 6 =

Choose a color for each number, then color in the pixels to reveal the image!

1 =   2 =   3 =   4 =   5 =   6 =

Choose a color for each number, then color in the pixels to reveal the image!

1 = ☐   2 = ☐   3 = ☐   4 = ☐   5 = ☐   6 = ☐

Choose a color for each number, then color in the pixels to reveal the image!

1 =   2 =   3 =   4 =   5 =   6 =

Choose a color for each number, then color in the pixels to reveal the image!

1 =   2 =   3 =   4 =   5 =   6 =

6	6	6	6	6	6	3	3	3	3	3	3	3	3	3	3	6	6	6	6	6	6
6	6	6	5	6	6	3	1	1	1	1	1	1	1	1	3	6	6	5	6	6	6
6	6	6	5	6	1	3	1	1	4	1	1	4	1	1	3	1	6	5	6	6	6
6	6	6	5	1	1	3	1	1	1	1	1	1	1	1	3	1	1	5	6	6	6
6	6	6	6	6	1	3	3	3	3	3	3	3	3	3	3	1	6	6	6	6	6
6	6	6	6	6	6	3	3	2	2	2	2	2	2	3	3	6	6	6	6	6	6
6	6	6	6	6	6	6	6	6	4	4	4	4	6	6	6	6	6	6	6	6	6
6	6	6	6	6	4	4	4	4	2	2	2	2	4	4	4	4	6	6	6	6	6
6	6	6	6	2	4	4	4	4	4	4	4	4	4	4	4	4	2	6	6	6	6
6	6	6	2	2	3	3	3	3	3	3	3	3	3	3	3	3	2	2	6	6	6
6	6	2	2	2	3	4	4	4	3	3	3	5	3	5	3	3	2	2	2	6	6
6	6	3	6	2	3	4	5	4	3	3	5	3	5	3	5	3	2	6	3	6	6
6	6	3	6	2	3	4	4	4	3	3	3	5	3	5	3	3	2	6	3	6	6
6	6	3	6	6	3	3	3	3	3	3	3	3	3	3	3	3	6	6	3	6	6
6	6	3	6	6	6	6	6	6	2	2	2	2	6	6	6	6	6	6	3	6	6
6	6	3	6	6	6	6	6	6	6	2	2	6	6	6	6	6	6	6	3	6	6
6	1	1	6	6	2	3	3	3	3	3	3	3	3	3	3	2	6	6	1	1	6
6	1	6	1	6	2	3	3	3	3	3	3	3	3	3	3	2	6	1	6	1	6
6	6	6	6	6	4	4	4	4	4	6	6	4	4	4	4	4	6	6	6	6	6
6	6	6	6	6	6	6	2	2	6	6	6	6	2	2	6	6	6	6	6	6	6
6	6	6	6	6	6	4	4	4	4	6	6	4	4	4	4	6	6	6	6	6	6
6	6	6	6	6	6	6	2	2	6	6	6	6	2	2	6	6	6	6	6	6	6
6	6	6	6	6	6	4	4	4	4	6	6	4	4	4	4	6	6	6	6	6	6
6	6	6	6	6	6	6	2	2	6	6	6	6	2	2	6	6	6	6	6	6	6
6	6	6	6	6	6	6	2	2	6	6	6	6	2	2	6	6	6	6	6	6	6
6	6	6	6	6	6	6	2	2	6	6	6	6	2	2	6	6	6	6	6	6	6
6	6	6	6	6	6	6	2	2	6	6	6	6	2	2	6	6	6	6	6	6	6
6	6	6	6	6	5	5	5	5	5	6	6	5	5	5	5	5	6	6	6	6	6

Choose a color for each number, then color in the pixels to reveal the image!

1 = ☐ **2 =** ☐ **3 =** ☐ **4 =** ☐ **5 =** ☐ **6 =** ☐

Choose a color for each number, then color in the pixels to reveal the image!

1 =   2 =   3 =   4 =   5 =   6 =

Choose a color for each number, then color in the pixels to reveal the image!

1 =   2 =   3 =   4 =   5 =   6 =

Create your own design!

1 = 2 = 3 = 4 = 5 = 6 =

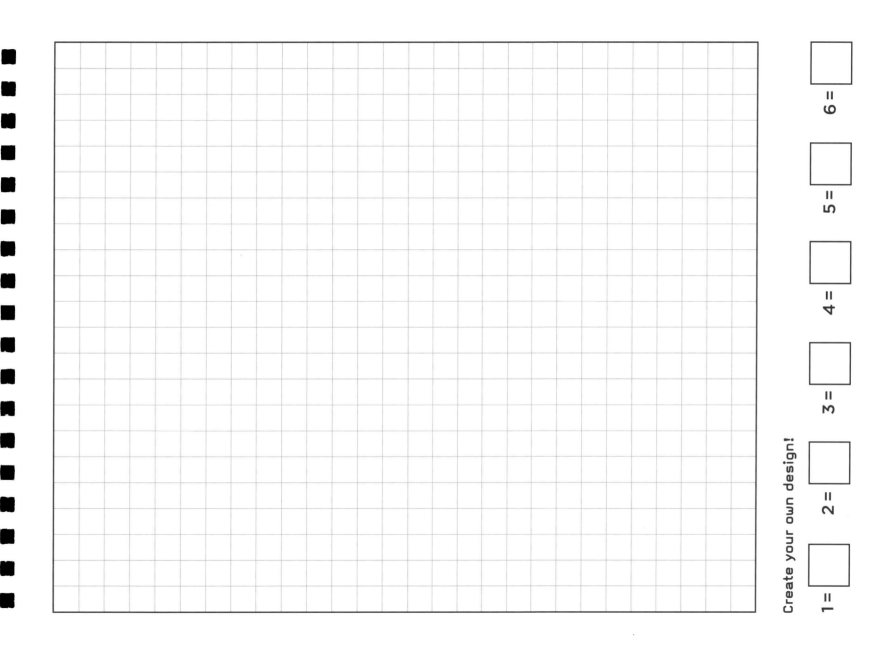

Create your own design!

1 =   2 =   3 =   4 =   5 =   6 =

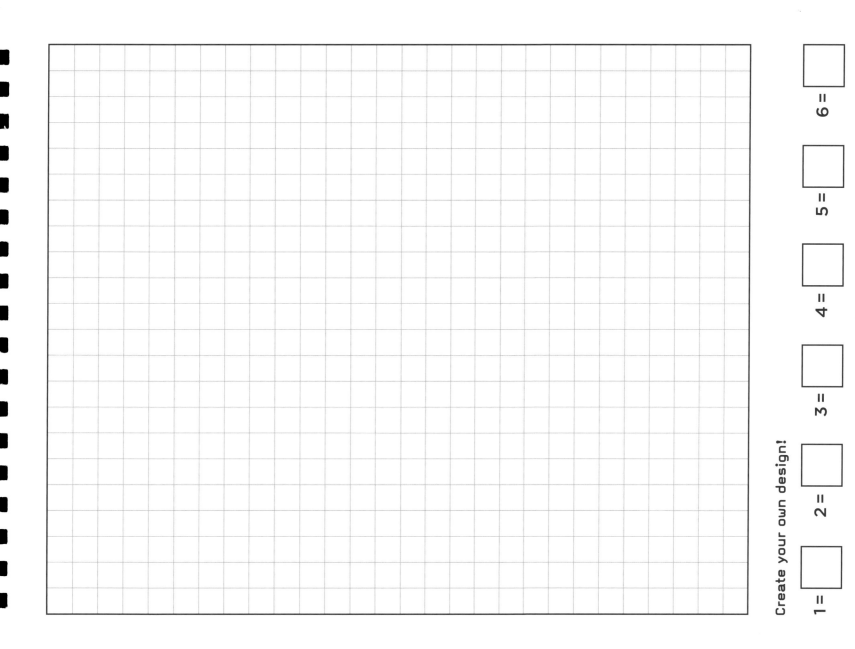

Create your own design!

1 =   2 =   3 =   4 =   5 =   6 =

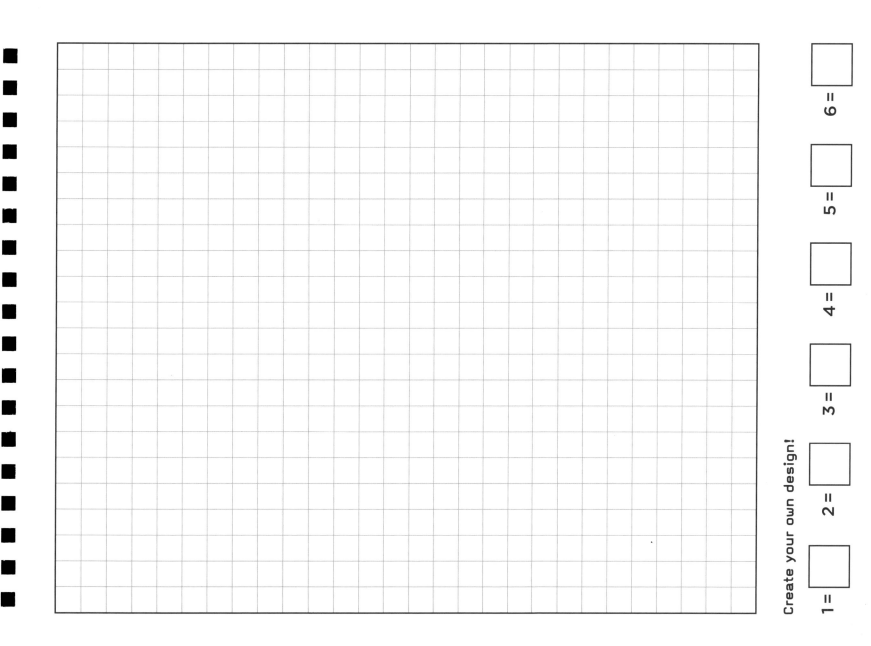

Create your own design!

1 =   2 =   3 =   4 =   5 =   6 =

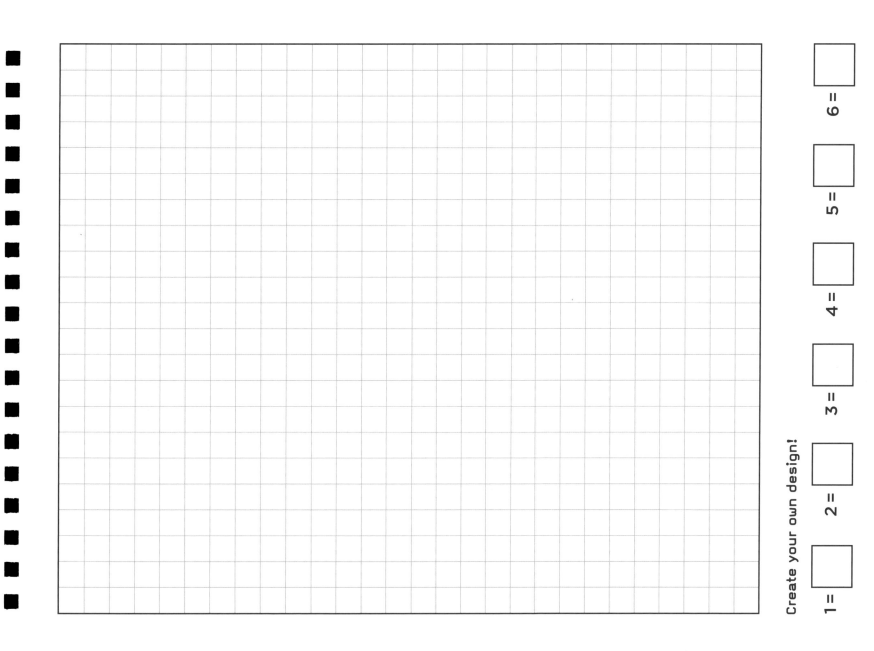

Create your own design!

1 = 2 = 3 = 4 = 5 = 6 =

Create your own design!

1 = 2 = 3 = 4 = 5 = 6 =